CANBY PUBLIC LIBRARY
292 N. HOLLY
CANBY, OR 97013

P9-DVP-736

Telma, La Hormiguita

Por John M. Nieto-Phillips
Ilustrado por Julie Morris

Adaptado de un cuento popular mexicano

Telma, The Little Ant

By John M. Nieto-Phillips
Illustrated by Julie Morris

Adapted from a Mexican folktale

Lectura Books
Los Angeles

It was snowing.
Telma, the tiniest ant in
the whole-wide-world,
was walking and admiring
the white falling snowflakes,
when all-of-a-sudden…

she slipped…

and fell…

and broke her leg.

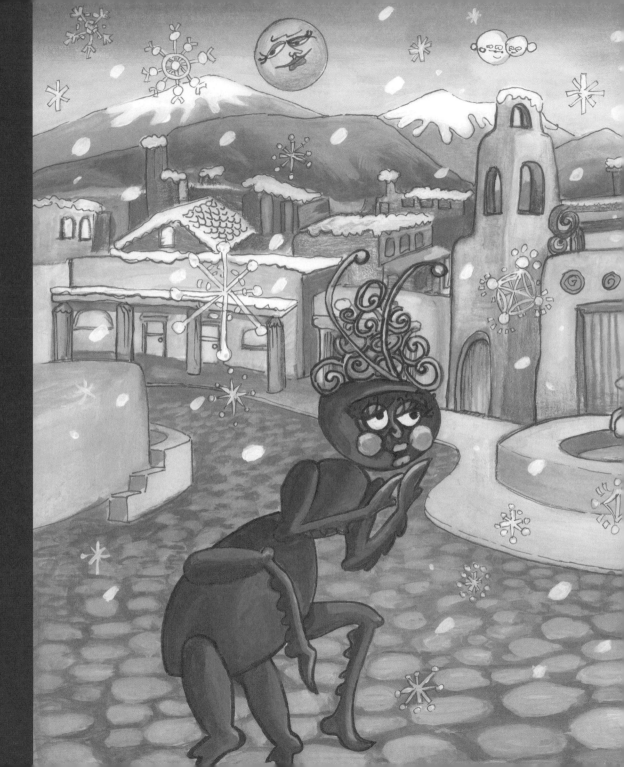

Estaba nevando.
Telma, la hormiga más
chiquita de todito el mundo,
estaba caminando y admirando
los copos blancos de nieve
que estaban cayendo,
cuando...

de repente se resbaló...

se cayó...

y se fracturó su patita.

Feeling hurt and angry that she had fallen, and hobbling in pain, Telma went to the courthouse to see Judge Moreno.

"The snow caused me to break my leg!" she complained to the good judge.

Judge Moreno, feeling compassion for his little injured friend, wanted justice to be served. The snow was clearly to blame, so he called the snow to the courthouse.

Lastimada y enojada porque se había caído, cojeando con dolor, Telma fue al Tribunal de Justicia para ver al juez Moreno.

"¡La nieve causó que me fracturara mi pata!" se quejó con el juez bueno.

El juez Moreno, sientiendo compasión por su amiguita herida, quería ser justo. Era obvio que era la culpa de la nieve, por eso le pidió a la nieve que viniera al tribunal.

With cold white flakes flying all around, the snow appeared before Judge Moreno.

"Do you think you can do whatever you want just because you are the snow?" the judge asked the snow. "You made Telma break her leg! That's not nice, and that's not fair, and YOU must pay the price!"

With bright silver eyes bulging, the snow said meekly, "Oh, no, I didn't make the ant break her leg. It was the sun. He's stronger than me and he melted me. That's why Telma slipped and broke her little leg."

The judge thought for a moment.

"Bring me the sun!" the judge ordered.

En medio de copos blancos y fríos, la nieve se presentó ante el juez Moreno.

"¿Crees que puedes hacer lo que te da la gana nada más porque eres la nieve?" el juez le preguntó a la nieve. "¡Tú causaste que Telma se fracturara su patita! Eso no se hace, y eso no es justo, ¡TÚ tienes que responder por esto!"

Con los ojos saltones y brillantes de plata, la nieve dijo humildemente, "Ay, no, yo no causé que la hormiga se fracturara su patita. Fue el sol. Él es más fuerte que yo y me derritió. Por eso se resbaló Telma y por eso se fracturó su patita".

El juez se puso a pensar un momento.

"¡Traeme el sol!" ordenó el juez.

And soon with a blinding, burning light, the sun appeared before the judge.

Pointing his finger at the sun, the judge said, "You think you are beyond everything because you are so powerful! You made Telma break her leg. That's not nice, and that's not fair, so YOU must pay the price!"

With a hot gust of breath, the sun said, "No, your honor. It's not my fault. The cloud is to blame. She is the source of the snow and ice. It is she who caused Telma to fall."

So, Judge Moreno called the cloud.

Y luego muy pronto con una luz deslumbrante que quemaba, el sol apareció ante el juez.

Señalando su dedo al sol, el juez dijo, "¡Tú crees que eres lo máximo porque eres tan poderoso? Tú causaste que Telma se fracturara su patita. Eso no se hace, y eso no es justo, ¡TÚ tienes que responder por esto!"

En una ráfaga caliente de su aliento, el sol dijo, "No Su Señoría. No es mi culpa. Es culpa de la nube. De ella originan la nieve y el hielo. Ella fue quien causó la caída de Telma".

Entonces el juez Moreno llamó a la nube.

The round gray cloud drifted in and pleaded with the judge, "Please, sir, let me go. It is the wind who is to blame for the ant's broken leg. The wind blows me in front of the sun."

The judge was becoming impatient. "Fine. Please bring me the wind," he said.

Whooshing in, the wind said, "I heard everything and it's not my fault, your honor. It's the wall who is to blame. He is strong and I cannot blow past him."

With his head in his hands, the judge called for the wall.

La nube gris y redonda entró
flotando y le imploró al juez,
"Por favor, señor, déjeme ir.
Es el viento quien tiene la culpa
de la patita fracturada de la
hormiga. El viento me sopla
en frente del sol".

El juez se estaba impacientando.
"Está bien. Por favor tráeme el
viento", dijo el juez.

Entrando con un silbido, el
viento dijo, "Oí todo y no es mi
culpa Su Señoría. Es la pared
quien tiene la culpa. Él es muy
fuerte y me cerró el paso".

Con su cabeza en sus manos, el
juez pidió que viniera la pared.

The wall came in with a big thud.

"So YOU are the culprit!" exclaimed the judge. "You blocked the wind that blew the cloud in front of the sun that melted the snow that caused Telma to break her leg! That's not nice, and that's not fair, and YOU must pay the price!"

"No, Your Honor," whispered the wall, "I am not to blame."

"Then, WHO, if not YOU?" asked the judge.

"Well, it's the mouse, of course," said the wall. "She chews right through me. It's frightening," said the wall.

"Bring me that mouse, IMMEDIATELY!" the judge cried.

La pared entró con un gran golpe.

"Entonces ¡TÚ eres el responsable!" exclamó el juez. "¡Tú cerraste el paso al viento quien sopló la nube en frente del sol quien derritió la nieve quien fue la causa de la caída que fracturó la patita de Telma! Eso no se hace, y eso no es justo, ¡TÚ tienes que responder por esto!"

"No, Su Señoría", cuchicheó la pared, "yo no tengo la culpa".

"Entonces, ¿QUIÉN, si no TÚ?" preguntó el juez.

"Bueno, es la ratona, naturalmente", dijo la pared. "Ella me muerde y me excava de un extremo al otro. Es alarmante", dijo la pared.

"Tráeme esa ratona, ¡INMEDIATAMENTE!" gritó el juez.

A few minutes later a little brown mouse appeared before the judge.

.With tears in her eyes, she said, "It's not me you want but the cat. He's so fierce. He chases me and I have no choice but to chew through the wall to escape his claws."

"Fine, fine, fine! Bring the cat!" ordered Judge Moreno.

The cat came in wearing a clever, sly smile.

"Oh, sir, it's not me you want but the yarn. The yarn is stronger than me and he is to blame for all this because he tangles me up."

Hammering his gavel on his desk, the judge summoned the yarn.

14

Poco después una ratoncita color café apareció ante el juez.

Con el llanto en los ojos, ella dijo, "Yo no soy la que usted busca, es el gato. Él es tan feroz. Me persigue y no tengo alternativa mas que morder y excavar la pared para escapar sus garras".

"¡Está bien, está bien! ¡Trae el gato!" ordenó el juez Moreno.

El gato entró con una sonrisa lista y traviesa bien puesta.

"Ay, señor, yo no soy el que usted busca, es el estambre. El estambre es más fuerte que yo y él tiene la culpa de todo esto porque me enreda".

Martilleando su mazo en su escritorio, el juez mandó llamar al estambre.

A big ball of brightly colored yarn rolled before Judge Moreno. "It's not me you want, Your Honor," the yarn insisted. "It's the scissors. She is stronger than me. She cuts me and hurts me."

"Then bring me the scissors!" The judge demanded. "We MUST get to the bottom of this!"

Soon the scissors tiptoed up the courthouse steps and appeared before the angry and impatient Judge Moreno.

But, before the judge could speak, the scissors snapped defensively, "I cannot be blamed for cutting yarn. That is what I was made to do! Please speak to my maker, the blacksmith."

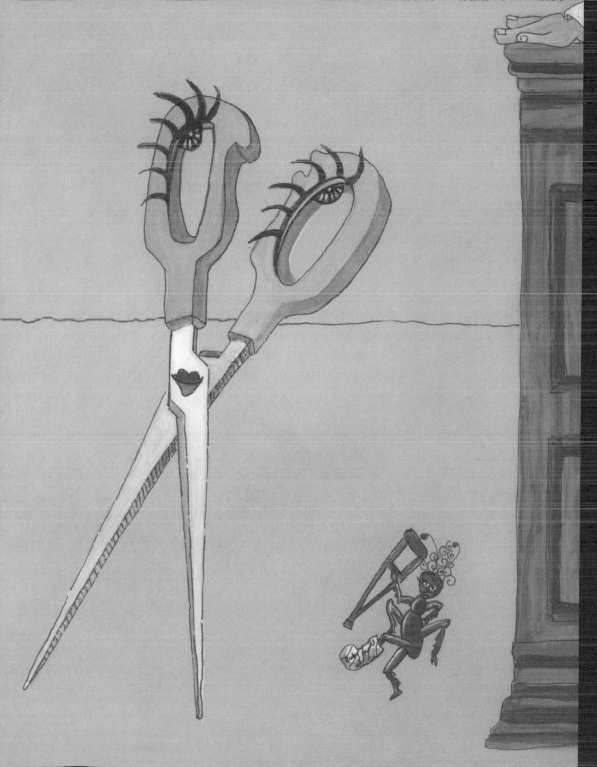

Una bola grande de estambre amarillo brillante se rodó ante el juez Moreno. "Yo no soy el que busca, Su Señoría", insistió el estambre. "Son las tijeras. Ellas son más fuerte que yo. Ellas me cortan y me lastiman".

"¡Entonces tráeme las tijeras!" exigió el juez. "¡TENEMOS que llegar al fondo de esto!"

Muy pronto las tijeras subieron los escalones del edificio de los tribunales de puntillas y apareció ante el juez Moreno que ya estaba enojado y desesperado.

Pero antes de que pudiera hablar el juez, las tijeras ya a la defensiva, contestaron bruscamente, "A mi no me pueden echar la culpa por cortar el estambre. ¡Me crearon para hacer eso! Por favor hable con la persona que me hizo, el herrero".

And soon the hardworking blacksmith arrived wearing his leather apron and carrying a big hammer. He stood speechless and confused before the judge. He did not understand what he had done wrong.

Judge Moreno, exhausted and himself somewhat confused, laid into the blacksmith. "YOU are the culprit of all this! You SHARPENED those scissors that CUT the yarn, that TANGLED the cat, that CHASED the mouse, that CHEWED through the wall, that BLOCKED the wind, that BLEW the cloud before the sun, that MELTED the snow, that CAUSED my little ant friend, Telma, to fall and break her leg!"

Judge Moreno, lifted his gavel into the air and declared, "That's not nice, and that's not fair, and YOU must pay the price!"

18

Y luego el herrero, muy trabajador, llegó con su mandil de cuero y traía consigo un martillo grande. Parado allí, se quedó mudo y confundido ante el juez. No entendía lo que había hecho mal.

El juez Moreno, agotado y él también un poco confundido, ya no se detuvo. "¡TÚ eres el culpable de todo esto! ¡Tu afilaste esas tijeras que CORTARON el estambre, que ENREDÓ al gato, quien PERSIGUIÓ la ratóna, quien MORDIÓ y EXCAVÓ la pared de un extremo al otro, quien CERRÓ EL PASO al viento, quien SOPLÓ la nube en frente del sol, quien DERRITIÓ la nieve, quien fue la CAUSA de la caída que fracturó la patita de Telma!"

El juez Moreno, levantó su mazo al aire y declaró, "Eso no se hace, y eso no es justo, y TÚ tienes que responder por esto!"

But just as the judge was about to slam down the gavel and declare the blacksmith guilty, a gold and purple butterfly fluttered through the open window of the courthouse and landed on the judge's nose.

Not believing his eyes, the judge froze in mid-slam and gazed at the gorgeous glittering visitor. Judge Moreno grew enchanted by the butterfly's beauty.

Moments turned to minutes, until finally the butterfly spoke. "Dios," she whispered to the judge.

Not believing his ears, the judge replied. "I beg your pardon?"

20

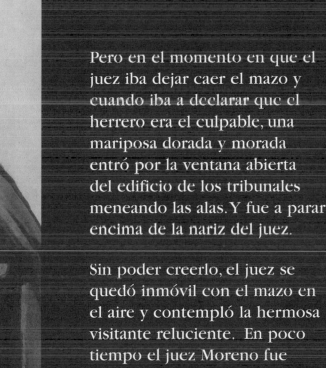

Pero en el momento en que el juez iba dejar caer el mazo y cuando iba a declarar que el herrero era el culpable, una mariposa dorada y morada entró por la ventana abierta del edificio de los tribunales meneando las alas. Y fue a parar encima de la nariz del juez.

Sin poder creerlo, el juez se quedó inmóvil con el mazo en el aire y contempló la hermosa visitante reluciente. En poco tiempo el juez Moreno fue encantado por la belleza de la mariposa.

Los momentos se volvieron minutos, hasta que finalmente la mariposa habló. "Dios", cuchicheó al juez.

Sin poder creer lo que había oído, el juez respondió. "¿Cómo dijo?"

"Dios," the butterfly whispered again. "God is the one you are looking for. Dios made the snow and sun, and the clouds and the wind, and the ant... and you and me. And only Dios knows why Telma broke her leg."

Then, gently flapping her gold and purple wings, the butterfly took to the air and fluttered out the open window through which she came.

Entirely perplexed by this event, Judge Moreno slowly laid down his gavel, turned toward the blacksmith and quietly nodded, "You may go now."

22

"Dios", la mariposa cuchicheó de nuevo. "Dios es a quien estás buscando. Dios hizo la nieve y el sol, las nubes y el viento, y la hormiga...y tú y yo. Y solamente Dios sabe por qué Telma que fracturó la patita".

Luego, suavemente meneando sus alas doradas y moradas, la mariposa alzó el vuelo y aleteó saliendo por la ventana abierta por donde entró.

Completamente perplejo por estos acontecimientos, el juez Moreno lentamente bajó su mazo, miró hacia el herrero y calladamente indicó, "ya te puedes ir".

After a long silence, the judge dismissed the courthouse and bade farewell to

the SCISSORS

and the YARN

and the CAT

and the MOUSE

and the WALL

and the WIND

and the CLOUD

and the SUN

and the SNOW.

Después de un largo silencio, el juez despidió a todos en el Tribunal de Justicia y le dijo adiós a

las TIJERAS

y al ESTAMBRE

y al GATO

y a la RATONA

y a la PARED

y al VIENTO

y a la NUBE

y al SOL

y a la NIEVE.

25

He then took his tiny Telma
into his hands, carried her
to her home and cared for her
until her broken leg had healed.

The End

26

Luego tomó a su pequeña Telma
en sus manos, la llevó a su
hogar y la cuidó hasta que se
sanó su patita fracturada.

Fin

Ant
Hormiga

Cat
Gato

Hammer
Mandil

Blacksmith
Herrero

Cloud
Nube

Butterfly
Mariposa

Gavel
Mazo

Judge
Juez

28

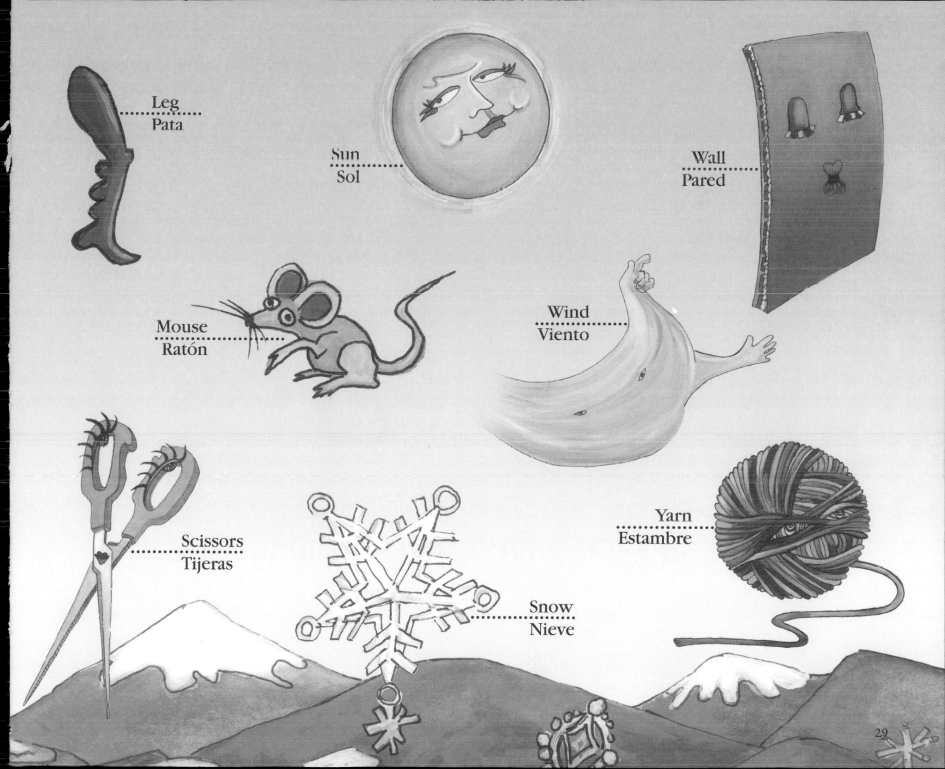

Leg
Pata

Sun
Sol

Wall
Pared

Mouse
Ratón

Wind
Viento

Scissors
Tijeras

Snow
Nieve

Yarn
Estambre

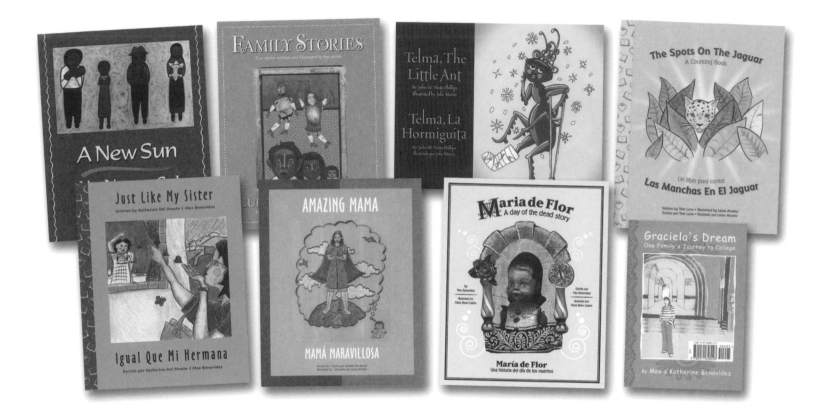

Quality and Culturally Relevant Bilingual Books

Lectura Books publishes its own exclusive line of quality children's books in both English and Spanish. Our goal is to create a line of books that connect with Latino families whose children are learning to read. Every element of our books is handpicked and selected with one aim in mind: building literacy for families.

For more information please call 1-877-LECTURA (toll-free) or visit our website at: www.LecturaBooks.com

Workshops That Build Family Reading

The Latino Family Literacy Project (LFLP) is a reading program of the Lectura group of literacy services. LFLP offers training workshops for teachers who work with Latino parents and their children in building a regular family reading routine and developing strong English-language skills.

For a workshop calendar please call 1-877-LECTURA (toll free) or visit our website at: www.LatinoLiteracy.com

Copyright © 2006 Lectura Books
All rights reserved. No part of this book may be reproduced in any form
without written permission from the publisher.

Publisher's Cataloging-In-Publication Data
(Prepared by The Donohue Group, Inc.)

Nieto-Phillips, John M., 1964-
    Telma, la hormiguita / por John M. Nieto-Phillips; ilustrado por Julie Morris
= Telma, the little ant / by John M. Nieto-Phillips; illustrated by Julie Morris.

        p. : col. ill. ; cm.
    English text translated by Ernesto Guerrero.
    Adapted from an old Mexican folktale.
    Summary: Telma, a little ant, slips and falls on the snow, breaks her leg, and
goes to the village judge to ask for justice.

    ISBN: 0-9772852-3-5 (hardcover)
    ISBN: 0-9772852-2-7 (pbk.)

1. Ants—Juvenile fiction. 2. Snow—Juvenile fiction. 3. Causation—Juvenile
fiction. 4. Spanish language materials—Bilingual. I. Morris, Julie A. II.
Guerrero, Ernesto, 1976- III. Title. IV. Title: Telma, the little ant

PZ76.3 N54 2006
863.7   2006920257

Lectura Books
1107 Fair Oaks Ave., Suite 225
South Pasadena, CA 91030
1.877.LECTURA

Printed in Singapore